知知的大院子

刘亮程 著

李兴骏 柴枫林 知知 绘

译林出版社

图书在版编目（CIP）数据
知知的大院子 / 刘亮程著. 李兴骏、柴枫林、知知绘 -- 南京 : 译林出版社，2024. 10. -- ISBN 978-7-5753-0273-9
Ⅰ. I267
中国国家版本馆CIP数据核字第2024326B4U号

知知的大院子　刘亮程 / 著　李兴骏　柴枫林　知知 / 绘

统筹策划　陆志宙
责任编辑　魏　玮
装帧设计　吴　悠
校　　对　施雨嘉　戴小娥
责任印制　闻媛媛

出版发行　译林出版社
地　　址　南京市湖南路 1 号 A 楼
邮　　箱　yilin@yilin.com
网　　址　www.yilin.com
市场热线　025-86633278
排　　版　南京展望文化发展有限公司
印　　刷　南京爱德印刷有限公司
开　　本　718 毫米 × 1000 毫米　1/32
印　　张　6.75
插　　页　14
版　　次　2024 年 10 月第 1 版
印　　次　2024 年 10 月第 1 次印刷
书　　号　ISBN 978-7-5753-0273-9
定　　价　68.00 元

知知的大院子

知知的大院子

知知的大院子

前 言

知知一岁到四岁期间，每年来姥爷的书院住很长时间。

书院在天山脚下的村庄里，一个很大的院子，长着年龄比姥爷大好多的榆树、白杨树，还有老杏树和苹果树。书院菜地种着各种蔬菜瓜果，还有土豆、玉米和草莓。知知每天去几趟菜地，摘喜欢的黄瓜和西红柿吃。有时蹲在草莓地，吃够了再起来。

知知姥爷外婆、爷爷奶奶、太奶奶和太外婆，都在这个大院子里陪知知玩。知知是一个不知疲倦的孩子，早晨鸡叫三遍时醒来，一刻不停地玩到晚上，星星和月亮出来才肯睡觉。

知知跟很多孩子一样，会自己玩，自己跟自己说话，会说出许多大人看不见的东西，会把没有的当真。

姥爷说，孩子两三岁时还分不清梦和醒，晚上的梦和白天的生活连在一起。这是多么天真美妙的把梦当真的童年。

知道梦是假的时，孩子就长大了。

知知姥爷是作家，写了好多书，知知还不识字，让姥爷讲书里的故事。姥爷说，书里的故事等你长大了自己读吧。孩子到世上，首先是来亲身感受阳光雨露，闻草木花香，亲眼看自然万物的。姥爷给知知讲院子里的故事，讲没有写到书里的蝴蝶和蒲公英，讲随处可见的鸟和虫子，讲吹过树叶和眼睫毛的风。

知知爷爷是画家，边带知知边画画，他画院子里的树、篱笆墙，画太奶奶种的大南瓜，画知知和一家人的生活，他把最美的色彩都用来画自己的孙女了。

知知太奶奶也画画，画她种出来的玉米、葫芦，画院子里的花草。

知知也画画，她画的那些奇奇怪怪的人和动物，都是大人没见过的。

这本由知知姥爷书写，知知爷爷、太奶奶和知知一起画的小书，就这样完成了。

这是爷爷姥爷给孙女的美妙之书，也是小孩给大人的天真之书。

相信你和你的孩子，都会喜欢的。

目录

知知的亲人们

知知一岁多，便能叫出家里所有亲人的称呼和名字。

爸爸的爸爸叫爷爷，爸爸的妈妈叫奶奶。

爸爸的舅舅叫舅爷，爸爸的姨姨叫姨奶奶。

妈妈的爸爸叫姥爷，妈妈的妈妈叫外婆。

姥爷的妈妈叫太奶奶，外婆的妈妈叫太外婆。

姥爷的弟弟叫小姥爷，姥爷的妹妹叫外奶奶。

外婆的弟弟叫舅爷，外婆的妹妹叫姨奶奶。

没有的东西

知知跟外婆去了趟镇上的商店，回来后，那个商店和卖货阿姨，就成了她的玩具。她说要到商店给姥爷买一包盐，她对着墙壁问阿姨盐多少钱，然后拿着她买到的一袋盐，很认真地递到姥爷手上。

姥爷接住那袋没有的盐，假装闻了闻。

知知问姥爷咸不咸，姥爷做出很咸的表情。

一袋没有的盐，就这样拿在姥爷手里，很久都没有放下。

姥爷小时候，手里也拿过许多没有的东西，后来都丢了。

人一长大，就不再相信没有的东西。

但姥爷相信。姥爷是作家，把许多没有的东西写成了真的。

姥爷说，童年是我们的陌生人。尽管每个人都从童年走来，但我们确实不认识童年的自己了。

2023.7.5.优肯

李知闲

小知和小兔踢球 2023.10.15

DIVID
HOCKNEY
李知雨
2024.5.6

不要踩我的影子

知知说，姥爷你踩在我影子上了，你把我的影子踩坏它就长不大了。

知知妈妈小时候，姥爷带她去上街，回来后写了一首小诗：

我不敢在街上走
我怕别人踩我的影子
别人把我的影子踩疼了
我的影子也不告诉我

知知说，姥爷我的影子走累了，你抱抱我的影子吧。

太阳落在远远的地平线上，像一张熟悉的脸。

知知和姥爷迎着落日站在山梁。

在身后，知知的影子，舒服地躺在姥爷长长的影子里。

姥爷说，等你长大，回想这一刻，思念像影子一样，越长越长。

人是影子的孩子

知知看见姥爷的影子，跟树的影子、房子和篱笆墙的影子一起，长长地伸向远处。

知知不知道影子伸到远处去干什么。

在知知眼睛里，有时人拖着影子走，好像影子是人的孩子。

有时影子领着人走，好像人是影子的孩子，被影子带着长大。

外婆喊知知回家。

外婆的喊声后面也跟着一条影子。

果园里那群大白鹅的叫声后面，也跟着一条条影子。

姥爷和知知进屋后，影子留在外面。

过一阵知知探头看窗外，发现姥爷留在外面的影子，跟山的影子、树的影子一起，长大成一个黑夜。

脚印是风的孩子

知知说，姥爷你不要踩我的脚印，你把我的脚印踩疼了。

姥爷和知知一前一后走在雪地。

知知说，姥爷你踩你的脚印，我踩我的脚印。

知知说，我们回家后，留在雪上的脚印会不会冷。

姥爷说，夜晚风会领走雪地的脚印。

脚印是风的孩子。树叶也是风的孩子。

风一片一片领走树上的叶子时，冬天就来了。

风赶在寒冬到来前，领走所有怕冷的孩子。

知知说，昨晚我一个人来到雪地上，看见我的脚印，一只一只往前走，像没有妈妈的孩子，走到白茫茫的雪地尽头。我想跑过去，把我的脚印追回来，外婆喊我了。

外婆说，知知做梦了。

2023.12

梦是给夜晚安排的一种生活

姥爷说，人躺下睡着时，影子站起来，代替人过起另一种生活，这便是梦。

梦是给夜晚沉睡的人安排的一种生活。

因为有梦，人都愿意睡觉了。

知知还不知道什么是梦，她白天自言自语，像是对着一个看不见的人说话。姥爷说，那个人是她晚上梦见的，她想起来了，把他带到白天，没人跟她说话时，她就跟梦中的人说话。

姥爷写故事也是跟梦中的人说话。

姥爷说，文学是做梦的艺术。姥爷在书里造一个梦，梦里的人都跟真的一样。

姥爷和知知都把梦当真，在白天跟梦里的人说话。

太奶奶做的沙包

太奶奶给知知做了个布沙包，用八块布片拼接缝成的，四周六块布，上下各一块，看上去沙包有八个面，里面装上玉米，就可以扔着玩了。知知可喜欢这个沙包了，拿起来就对着姥爷扔打过来，姥爷接住沙包扔过去，知知跑来跑去躲。

小孩的游戏，不教就会，仿佛在母腹就学会的。

知知姥爷小时候，太奶奶也给做沙包，只是里面装着沙子。

打沙包游戏是两队孩子一起玩，玩法很多，其中一种是攻击防守型的。两队孩子隔开十几米，面对面站着，一队孩子守在线内，人手一个沙包。另一队空手跑过来。守的一方拿沙包打，打到进攻者身上，就赢了。如果打出去的沙包被进攻者接住，反打过来，就输了。

对输者的惩罚是嚎嗦，憋一口气，不间断地嚎着朝前跑，跑到赢的一方奋力将沙包扔到的地方，再嚎回来。中间有间断不算数。

游戏反复轮回，从下午一直玩到天黑，便各自回家。

天黑后另一样游戏开始了，叫捉迷藏。

希望之門

捉迷藏

知知喊姥爷外婆、爷爷奶奶一起玩捉迷藏。

五个人站在一起，手心手背分对方，知知手心朝下，姥爷外婆爷爷奶奶手心朝上。

知知说：“你们都背过身，把眼睛闭住，我要藏起来了。”

姥爷闭住眼睛，听见知知的小脚步跑到黄瓜架下面，又转过来蹲在西红柿秧下面。

“藏好了吗？开始找了。”外婆喊。

“看见知知了。”姥爷喊。

知知赶紧从西红柿秧下跑出来，藏在玉米地里，宽大的玉米叶子遮住知知的脸，粗粗的玉米秆挡住知知的腿，但她不老实的手让玉米叶子发出了声音。

姥爷在小说《本巴》中写到捉迷藏游戏。

赫兰藏在碎小的紫苜蓿花朵后面，藏在飞成漆黑一团的蚊群后面，藏在母牛哞哞的叹息声里，藏在青草无边摇曳的影子里，赫兰以为自己藏得足够隐秘。

“看见你了，我们看见你了。”

捉赫兰的人散开在草原上，嘴对着四野大喊。

赫兰连忙往更远处藏，藏在树后面，山后面，戈壁滩后面。

“看见你了，我们看见你了。”

那些喊声在远山间回响，在草原戈壁上回荡。

赫兰惊慌失措，往更远的山、树林和草原戈壁后面躲藏。

他们的喊声在所有的山谷和草原回荡。

赫兰藏进黑夜。他们的喊声追到夜里。

赫兰往夜深处奔逃，跑着跑着，天亮了，他暴露在另一个白天。

知知姥爷在《本巴》中写了三个不愿长大的孩子，他们最先藏在母亲身体里，被父亲找到。后来藏在母亲怀抱，藏在小声啼哭说话的幼年、童年，都被大人找到。那些大人，喊叫着从童年、少年里把他们捉出来，让他们做大人，干大人的事情。

所有会玩捉迷藏游戏的孩子，都想藏在不被大人找到的童年。

结果呢，都被大人找到，一个一个长成大人，然后又回头，去找藏在童年的自己的孩子。

蚊子

蜜蜂

11.20.

李知阁

2023.8.1.
100
7 10 5

树屋和猫头鹰

姥爷建树屋那年，知知还没出生，姥爷也比现在年轻有劲。姥爷带着两个学生，在书院南边的榆树上制作木屋。那棵大榆树从根部长出五个枝，都长到水桶粗。五个粗枝中间，正好是一个木屋的位置。姥爷备好木料，从市场买来大铁钉子、铁锤、锯子、水平仪、手套等，开始干了起来。

姥爷先在树中间一人高的位置，将横木用大铁钉与四周的树干固定在一起，造出一个木制平台，还在平台周围打立柱做了半米高的护栏。然后，沿着树干朝下建造了上平台的扶梯。

做好这个平台后，姥爷休息了一个月，然后计划在平台上面一人多高处，再搭一个平台，在平台上建一个小木屋。

就在姥爷准备动工时，发现上面的树杈上，有一只猫头鹰筑了窝，而且孵出了三只小猫头鹰。

姥爷造木屋的计划停下来。

树上已经有猫头鹰的家了，就不需要姥爷再造木屋。

知知两岁时，爬到树半腰的木平台上，看那个树枝搭的窝。这年猫头鹰又孵出了三只小猫头鹰，它们立在窝边，眼睛盯着知知看。

姥爷说，知知快下来，猫头鹰妈妈在树上看你呢。

一只大猫头鹰伪装成半截枯树桩，一动不动立在树杈上。

姥爷和知知都发现它了，它依旧装着不动。

知知说，我们也假装没看见它。

小猫头鹰的伪装技术不如大猫头鹰，它们站在窝边身体不动，但眼睛在好奇地看树下的人。

姥爷说，等到小猫头鹰学会眼珠不动时，就长大了。那时候它们站在树上，伪装成半截枯树桩。直到夜晚来临，它忽地飞起来，像孩子一样叫喊着，从一棵树飞到另一棵树。

猫头鹰在夜里什么都能看见。

如果它能看见人的梦，它在夜晚飞翔便不寂寞了，地上、天上都是梦中的人影。它晚上看够了人做的梦，白天就不想看人了，眼睛闭住，一动不动，伪装成半截枯树桩。

鸡阿姨

鸡阿姨下蛋了，站在树杈上“咯咯”叫。鸡圈里七只母鸡，只有两个下蛋的窝。七只母鸡只好排队下蛋。从中午到半下午，鸡阿姨“咯咯哒”的叫声此起彼伏。

西边小渠沿上那排大榆树的影子，爬过菜地、南瓜架，伸到东边的院墙根时，知知外婆便拿一个小盆子去收鸡蛋。鸡圈在东北角的杏园里，知知刚出生那年，姥爷带着书院的学生，修了三间一人高的房子，样子跟我们住的房子一样，有屋脊，只是比人住的房子矮小。鸡本来比人小，房子自然小。今年知知两岁半，圈里的鸡有两岁的，有三四岁的，鸡的一年是人的十二年，这样算下来，三岁的鸡就三十六岁了，知知把母鸡都叫阿姨。

知知第一次跟外婆去收鸡蛋，鸡圈门矮小，外婆弓腰侧身才能进去。知知说，我进去收鸡蛋吧。知知身体小，直接进到鸡圈里，把窝里的蛋一个一个拾到盆子里。

知知拿鸡蛋出来时，一只大黑母鸡扑过来叨知知，知知吓得扔下盆子就跑，还打烂了一个鸡蛋。

外婆拿树条打黑母鸡，其实也没打，只是挥着树条吓唬了几下，对着圈里的鸡说，以后我们家知知来收鸡蛋，谁敢叨知知就等着挨树条子。

又对知知说，你来收蛋时，要先说，“鸡阿姨，我来收蛋了”，鸡阿姨就不会叨你。

外婆一天喂两次鸡，一早起来先给鸡和鹅喂了食，才回来吃早饭。外婆说，鸡比人起得早，自然要早吃东西。

外婆和知知住的二楼房间窗户对着鸡圈，天不亮就听见鸡叫。

外婆说，鸡叫三遍天才大亮。头遍鸡叫时知知醒来，外婆给知知温一瓶牛奶——是从王奶奶家买来的新鲜牛奶。王奶奶家的母牛生了一头小牛，母牛奶多，小牛吃不完，便挤了卖。卖的钱给母牛买苞谷吃，牛吃了苞谷产奶更多，卖的钱也更多。

外婆每天下午开车去买一大壶牛奶，给知知留够晚上喝的奶，煮好的奶给太奶奶和太外婆各端一碗去，其余的家里人一起喝。

知知喝了牛奶，睡到三遍鸡叫起来。那时狗爷爷、猫妹妹、鹅姐姐都在外面大叫了，知知也要起来跟它们一起玩了。

鹅姐姐

知知出生前，两只小鹅来到书院。知知外婆从集市上买来的，拳头大小。太奶奶接过来在怀里焐了会儿，放在地上。从此小鹅认下了太奶奶。太奶奶开电动车到哪，两只小鹅跟到哪。太奶奶把小鹅领到菜地边，吃刚长出的野莴笋嫩叶子，我们也爱吃野莴笋叶子，厨师阿姨一早采了，在开水里过一下，撒点盐，拌上蒜末、醋，就是早餐的凉菜了。

两只小鹅跟着太奶奶，在院子里走来走去长大了。第二年入夏时，它们生了蛋，孵出五只小鹅，依旧是太奶奶照管。太奶奶把小鹅从窝里拿出来，放在铺了棉布的纸箱里，里面放上水和小米，还采一些野莴笋叶子给小鹅吃。到小鹅长大一点，太奶奶把小鹅还给鹅妈妈。鹅妈妈知道太奶奶比自己会照顾小鹅，“鹅鹅”地叫着表示感谢。因为它们小时候就是太奶奶照管大的。

知知到这个院子时，最早由太奶奶带大的鹅已经六岁，它们的孩子也五岁了。

知知来书院那年夏天，一只母鹅坐窝了。

母鹅坐窝可有意思了，一只坐窝，其他母鹅都给它肚子下面送蛋，每个母鹅都希望自己的蛋孵出小鹅。结果母鹅肚子下面堆了几十个大鹅蛋。

母鹅一开始孵蛋就不出来吃草了，姥爷每天给它喂草喂水。

外婆说，鹅二十八天才能孵出小鹅。她是从村里养鹅人那里知道的。

果然到第二十八天，两只小鹅出壳了。孵出的小鹅依旧由太奶奶先替母鹅照管，知知伸手抚摸小鹅，小心地把小鹅捧在手里，亲小鹅的嘴。

等到小鹅全孵出来，太奶奶把自己照管的小鹅还给母鹅，这时果园里就热闹了，所有的鹅都围过来，一起护着小鹅，把小鹅围在中间。这些小鹅，是所有母鹅孵出的，它们都是小鹅的妈妈。

这时知知想去摸一下小鹅，大鹅就会追过来叨。

快放下！

2023.11.23.1.1.

睡觉的小娃娃.

2023.7.17. 知知.

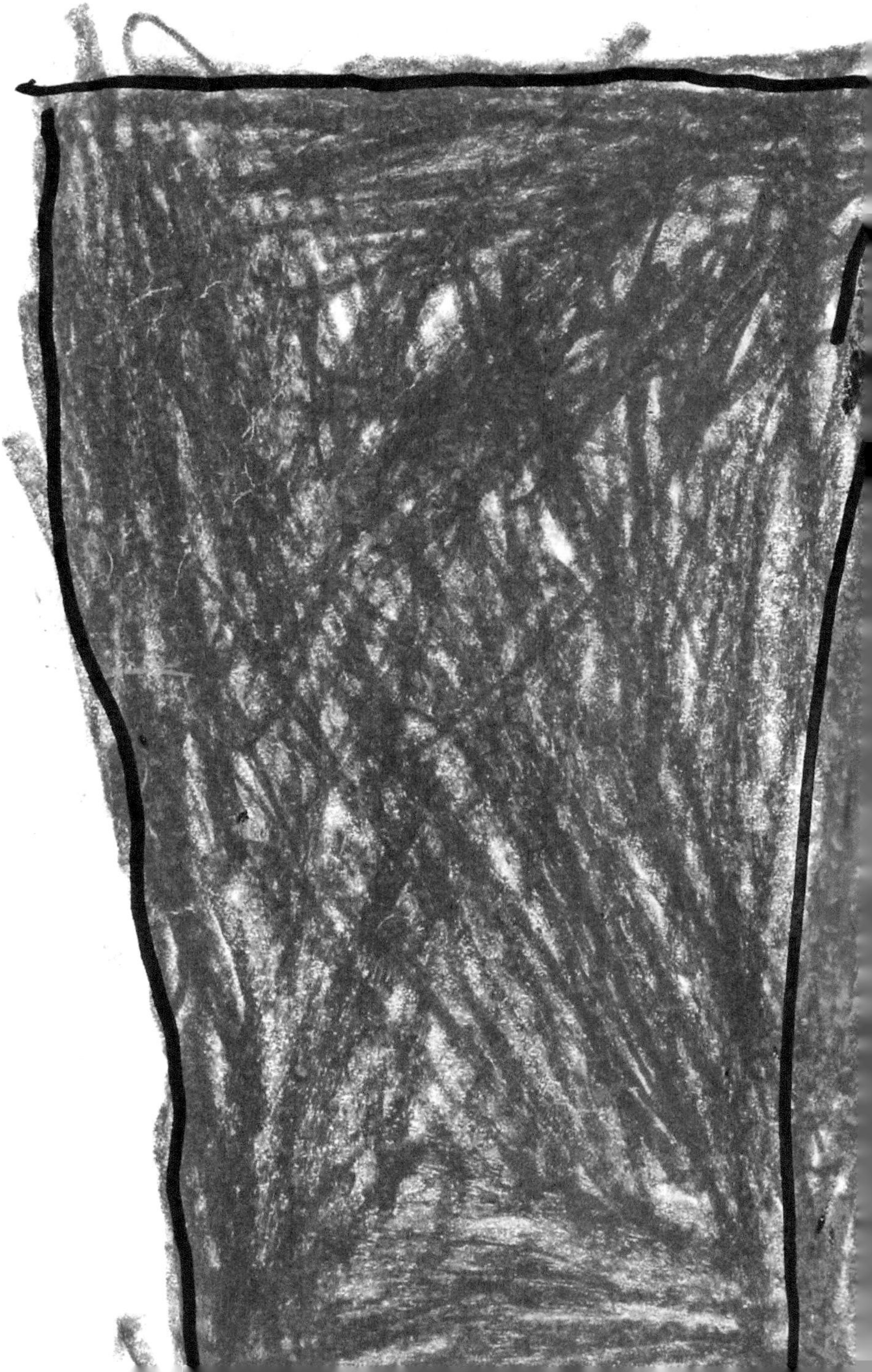

练习飞

雁叫是天上的儿歌。那些不属于地上的孩子，排着人字长队，一个喊一个，从天上回家。

每当这时，大雁“啊啊”的喊叫声，把果园的大白鹅叫醒，它们突然展开翅膀，大叫着想要飞到天上去。

书院那只最大的公鹅，每天带着一群鹅在果园练习飞翔。它们从果园北边的院墙根开始，展开翅膀跑起来，向着南方，越跑越快，飞跑的鹅掌像要离开地面，使劲扇动的翅膀像要飞起来。可是，它们吃得太胖了，一直跑到南边的篱笆墙边，也没有一只飞起来。它们只好仰头望着越飞越远的大雁，伸长脖子，把“啊啊”的声音叫到天上去。

逐渐飞远的大雁，似乎听到地上白鹅的叫声，放缓翅膀，

像在等这群白鹅飞上去，跟它们一起回南方。

可是，这群飞不起来的白鹅，只能留在天山脚下的小村庄过冬了。

刚养了白鹅那年冬天，姥爷担心它们过不了冬，鹅掌光光的踩在雪上，看着都冷。它们走几步便卧下来，将两只冻红的爪子焐在有厚厚绒毛的肚子下面，但鹅掌依旧贴着雪。

太奶奶说，鹅掌是热的，冻不坏。

姥爷相信太奶奶说的话，以后看见鹅掌踩在雪地上，就不觉得冷了。

它们已经适应北方冬天的寒冷。

留给老鼠和鸟的食物

菜地的玉米、葵花这些高秆植物秋后都不收割，到冬天长在雪地上，让鸟落脚。

路边拐角处一丛洋姜，两三米高，大拇指粗的秆儿，缀着一身枯黄叶子。入冬前厨师阿姨挖了一水桶洋姜，洗干净腌了，说还有好多没挖出来。姥爷说，留给老鼠吃。冬天老鼠会把洞打到洋姜根下面，啃食我们留给它的食物。它吃剩下的根茎春天又会发芽，长出和今年一样的大丛洋姜来。

屋旁花池里的葵花今年长疯了，一人多高，开几十个大大小小的花盘。秋天所有的花盘都耷拉下头，一副任人砍的样子。

外婆说，收了炒葵花子吃。

姥爷说，留给鸟吧。

冬天鸟的日子最难过，虫子冬眠了，埋在大雪下。只有草

尖上没被风摇落的种子，是鸟能吃到的食物。啄木鸟不愁食物，它啄开松树皮，一个一个啄里面的虫子吃。它啄木的声音很大，孔子像前那两排大松树干的老皮，都被它啄下来，在树根积了一层。乌鸦和麻雀围过去，捡拾啄木鸟吃剩下的虫子，野鸽子也站在树枝上，看啄木鸟啄虫子。

姥爷留下的葵花，主要是麻雀在吃，它们身体小巧，站在葵花盘上，小脑袋晃一下，啄出一粒瓜子，在嘴里把皮剥开吐了。姥爷观察过鸟和老鼠嗑瓜子，跟人一样，一次嗑一粒，壳吐出来，瓜子仁嚼碎咽下去。

一次，姥爷带知知走过一大片葵花地，姥爷掰了一个葵花头拿手里，边走边和知知一起嗑瓜子。嗑剩一半的葵花头，姥爷随手扔到路边草丛里。

知知说，瓜子没嗑完呢，扔了多可惜。

姥爷说，给老鼠去嗑吧。

地边草丛是老鼠的家，它们把洞打在那里，跟农民一起等葵花长熟，它们从农民丰收的葵花地里，拿一点儿葵花子，就够过好日子。

而种葵花的农民，每年都觉得少了点儿收获，日子也过下去了。

2023.7.5.

李知闲画

2023年8月21日

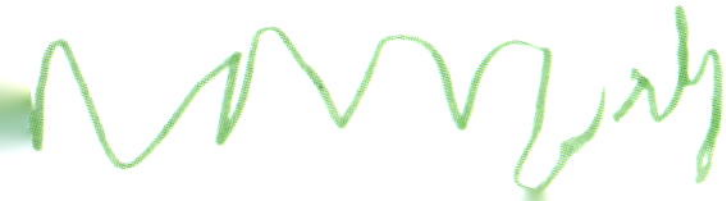

让老鼠活下去

书院养的猫成群了，房子附近已经看不见老鼠洞，只有鸡窝里有一窝老鼠。知知外婆说，老鼠是从院墙外边打洞进来，偷吃我们喂鸡的苞米麦子。外婆看见过一只比小猫还大的老鼠。

知知也看见过，说有小兔子那么大。

知知进鸡窝收鸡蛋，那只老鼠站在鸡窝旁，见进来一个小孩，也不跑，瞪着两只鼠眼看知知。知知不怕，想一把抓住老鼠，结果它钻进洞里了。

姥爷说，这个院子以前是老鼠的家园，到处布满大大小小的老鼠洞，像一只只睁开在地上的眼睛。后来姥爷买了这个荒弃多年的老院子，把塌了的屋顶修缮好，屋子收拾出来，做了书房和住宅，但老鼠洞依然从屋里通到屋外。姥爷白天在书房看书写书，老鼠在洞里安静地待着。晚上姥爷回卧室睡觉，老

鼠出来走动觅食，有时啃姥爷的书。姥爷见老鼠啃了一角的书，只是笑笑，并不去找老鼠的麻烦。因为姥爷啃烂的书本，比老鼠多多了。

姥爷和老鼠相安无事的日子，从养了猫开始，有了改变。老鼠一年年地少了，但并没有完全消失。

姥爷说，这个院子里的猫和老鼠，早就商量好了，老鼠一个月生一窝七八只小老鼠，一年生十二窝，有十一窝给猫吃，剩下一窝活下来，老鼠就不会断绝。这样猫年年有老鼠吃，老鼠也代代繁殖，一直在猫眼皮底下活下去。

姥爷也想和老鼠、蚂蚁、甲壳虫、麻雀、乌鸫、野鸽子和猫头鹰一起生活下去，因为这个院子本来就是它们的，姥爷带着一家人来到这里，我们是客人，要学会跟自然界的原主人和睦相处。

满院都是黄金甲

2023.7.2. Li.

看守一把钥匙的黄狗

冬天的夜晚，姥爷外婆和知知从外面回来，书院铁门锁着，姥爷手伸进去，摸见挂在门墩里面钉子上的钥匙，开锁的声音引来黄狗星星。

牧羊犬月亮和小黑不在后，星星成了院子里唯一的看门狗，它闻见主人的气味了，再黑的夜里它都知道主人回来了。

它也知道大门的钥匙挂在门墩上。整个夜晚它守着那把钥匙。在有月光的夜晚，钥匙闪着银白的光，跟褐锈色的铁门、灰色的水泥门墩，以及黑色的沥青地面形成鲜明对比。

姥爷转身关门时，铁链和门碰撞的声音，又一次响起在院子，还有姥爷外婆和知知走在雪路上咔嚓咔嚓的脚步声，知知的脚步声最小，但在一步步地长大。

走到孔子像前往右拐时，星星猛地从姥爷身边蹿过去，跑过菜地跑到屋门口又折回来，迎接主人。

起了点儿风，院子里榆树、白杨树都没有声音，它们的沙沙声在一场一场的秋风里随叶子落光了，只有玉米地发出轻微的声音。风太弱，可只摇动有数的几片玉米叶子，在黑暗中，哗哗地响。

左边果园里的大白鹅“啊啊”地叫起来，它们知道主人回来了，在雪地里跑过来。

一家人进屋后，星星一路跑向前院，它回去看守门墩上那把钥匙。

整个夜晚，那把钥匙在星空下银白色的反光，只被黄狗星星看见。

那时我们一家人都去了梦里，大院子成了它的。它沿院墙

四周跑一圈，把鹅窝鸡圈查看一遍，看看书房前后门窗是否关好。夜里有人和动物进来它会大叫着追咬，姥爷听见了也不起来去看，姥爷放心地把院子的夜晚交给黄狗星星，遇到什么事让它自己解决。

第二天一早，星星站在门口，把白天的院子交给姥爷，它跑到窝里去睡觉了。当然，它不会完全睡着，一旦院门有响动，它又叫着跑过去。

太奶奶的画

太奶奶年轻时候会缝衣服，做鞋样，在枕头上绣各种花鸟。姥爷还记得小时候太奶奶给他教一笔画成的鸟，还有念着口诀画老虎。太奶奶从来没有在纸上画过画。姥爷八岁时太爷爷不在了，太奶奶带着五个未成年的孩子艰难度日。后来姥爷有了后父，家也搬迁到另一个村子，太奶奶依旧要照管一大家子人，下地干活回来还要做饭，给全家人缝制衣服鞋帽，忙了大半辈子。

十年前，太奶奶跟姥爷外婆一起，在这个大院子里生活，太奶奶喜欢种菜养鸡，菜地和鸡圈都是太奶奶负责，招呼我们一起干。她看农历定播种的时间。

这两年太奶奶年纪大了，外婆负责起菜地和鸡鹅，外婆从太奶奶那里学会了种菜和喂鸡喂鹅。

知知来到院子后，太奶奶看着知知爷爷和知知在纸上画

画，太奶奶也找来纸和画笔，画起画来。她在纸上画自己种出的玉米和吊葫芦，画院子里的各种花草，还在自己种的葫芦上画画。

知知见太奶奶在葫芦上画画，也拿一个葫芦坐在太奶奶身边画。

小孩看见的东西跟大人不一样，画的画也不一样。

知知一会儿用左手画，一会儿用右手画。就像她还没分清梦和醒，她也没分清楚左手和右手要干啥，就左右开弓吧。知知拿不稳画笔，但画出的笨拙线条和形，好像就是那些东西最初的样子。

太奶奶画的是她从地里种出来的植物的样子，色彩线条充满了旺盛的生命力，你能感到那些叶子和果实，使劲在生长。

我们和虫子都在赶路

知知说，姥爷，一个小虫子落我手臂上了。

姥爷说，轻轻吹一口气让它走吧。

知知说，小虫子要走到哪里去?

姥爷说，小虫子和我们都在赶路，在走过夏天，走向秋天的路上，我们和虫子同路。

虫子用四条小腿、六条小腿不停地走呀走，我们用两条腿不停地走呀走。

有的虫子只活一天或一个月，就把一生过完了。

这条走向秋天的路上，虫子是先行者，后面跟着鸡、鸭、鹅、老鼠、猫、狗、麻雀和野鸽子，它们后面跟着乌鸦、猫头鹰和缓慢移动的牛羊。

人呢，不快不慢，走在它们中间。

在树下生活

院子里的树，姥爷从来不修剪。

姥爷说，树想长几个枝是树的事，修剪树是人的想法，不是树的。

我们是到一棵大树下生活，不是一棵树在我们的屋檐下生活。

树是这个院子的主人，我们来的时候，那棵大榆树已经长了一百年，松树和大杨树也长了七八十年，树上的鸟和蚂蚁，也都繁衍了几十代，都是我们的长辈。

在这个院子，每棵树都蓬勃茂盛地生长着，树的所有想法，都长成了枝，生成了叶，结成果实。

的李知

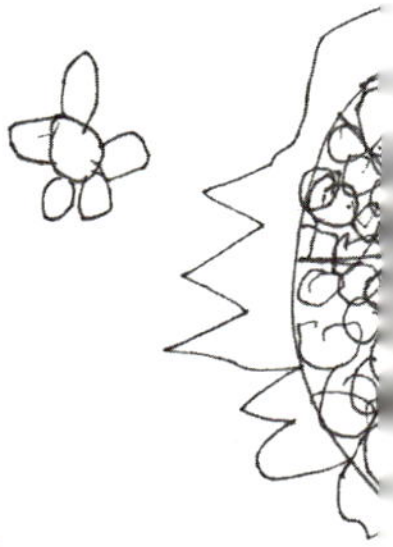

向日

2023.
3.
23.

变异的熊猫

2024

蚂蚁上树

池塘边的杨树叶从来没有扫过，今年的叶子落在去年的叶子上，去年前年的叶子，落在大前年的叶子上。

白杨树每年长多少叶子，可能树上的蚂蚁会数清楚了。

春天，蚂蚁衔着落叶上的虫卵，排成队上树，把虫卵安放在每一片新长出来的叶子上。虫子在树叶上慢慢成长，虫子吃树叶，蚂蚁吃虫子带甜味的排泄物，鸟又飞来吃虫子，到头来树叶并没有被虫子吃掉多少。而且，树长出那么多叶子，肯定有一些是长给虫子吃的。树叶养活虫子，虫子养活蚂蚁和鸟，我们在树下听悦耳的鸟叫，一棵树就是一个自足的自然生命世界。

别把虫子咬疼了

姥爷拿长杆打树上的杏子，知知在树下捡。

姥爷说，知知掰开杏子看看，里面有虫子，别一口咬下去，把虫子咬疼了。

知知掰开一颗黄熟的杏子，看见一只肉嘟嘟的白虫子，在半边杏子里蠕动，还抬头看了一眼知知。

姥爷说，我们书院的杏子，都是虫吃一半，人吃一半。

书院的果园菜地都不打农药,姥爷爱听虫鸣,不让伤害虫子。

虫子知道人也爱吃杏子，所以吃一半，另一半留给人。

杏树知道自己的果实不是被虫子吃就是被人吃，还有鸟和老鼠也喜欢吃杏子。

杏树希望它们把果肉吃了，不要砸杏核。杏核是杏树的种子，杏树用香甜的果肉讨好爱吃它的人和动物，希望它们嘴下留情，吃了杏肉把杏核扔在地上，那样杏核便有机会发芽长出一棵小杏树。

人会砸果核吃，老鼠也会咬开杏核吃杏仁。这些杏树都清楚，杏树把人吃的、老鼠吃的杏子都结够了。一棵树总会多结许多许多的果实，即便所有的杏子都被吃了，只要有几个果核躲过人和动物的嘴，落地发芽，长出几棵树。长出的树也还不一定都成活，但只要一棵活下来，它就成功了。

书院的大杏树下面，长着一片小杏树，都是落地的杏核发芽长出来的。

每年春天，都有村民来挖小杏树，去栽到他们家院子。姥爷也挖小杏树栽到果园外的山坡。

一棵杏树的小苗，已经走到村庄里很多人家的院子和山坡，长成一棵棵杏树，开花结果。它们的杏核，也会在树下发芽，长出小杏树来，被移栽到更远的地方。

杏树就是这样，在漫山遍野地种植自己，春天杏花开时，所有杏树的花香，在风中相互闻见，它们会认出自己出自同一棵老杏树，所有的花香汇聚到老杏树这里。

那时我们一家人在老杏树下乘凉，麻雀和野鸽子在树枝上叫，蚂蚁排队上树，知知数树上的蚂蚁，鸡在土里刨虫子吃，虫子生出更多的虫子，一层一层的虫鸣，响在一阵一阵的杏花香里。

2024.2.5 改定

爸爸
知知
妈妈
2022.9.2.

2022.12.12.